INV. RÉSERVE
Ye 4070

150

Godard Les Loisirs

Paris
1606

AF404912

LES LOISIRS

DE IEAN GODARD

PARISIEN, CONSEILLER DV

Roy, Lieutenant general ciuil &
criminel, au Siege & ressort
de Ribemont.

À PARIS,

Chez CLAVDE MOREL, ruë sainct
Iacques, à l'enseigne de la
Fontaine.

M. DCVI.

4077
Ye
2.d.563. [2]
4070
Reserve

A MONSEIGNEVR
DE BELLIEVRE,
CHANCELIER
de France.

STANCES.

I.

E S le commencement de toute
    chose nee,
On peut voir à peu prés quelle
    est la fin qui suit.
Le matin fait iuger de toute la
    iournee:
Et voit-on à la fleur la nature du fruit.
La faon de Biche est pront de naissance à la course:
L'essay d'Aigle se fait aux petits aigleteaux:
Dés le commencement de sa premiere source,
Vn grand fleuue commence à porter des bateaux.
Les fueilles, fleurs, & fruicts viennent de la racine,
D'où leur séue s'esleue à leur accroissement.

A ij

La grandeur du progrés pend à son origine,
   Qui baille à grande fin, vn grand commencement.
Le ciel, qui vous fit naistre au bon-heur de la France,
   Pour seruir à sa nef de patron & de port,
   A sa guerre de paix, à son mal d'allegeance,
   D'asseurance de vie, au hasard de sa mort.
Le ciel pour le public, qui di-ie vous fit naistre,
   Et pour seruir de barre aux maux qui arriuoient,
   Vous fit grand de prudence: & tel il vous fit estre
   Dés vos ans les premiers, côme aux ans qui suiuoiët.
Voz fleurs furët des fruicts, & l'Auril de vostre âge
   Fut vn Aoust de moissons: on vit en mesme tems
   L'ouurage & le dessein, le dessein & l'ouurage:
   Et l'Autonne logea dedans vostre priǹtems.
Dés voz ans les premiers prés de noz Roys vo⁹ fustes,
   Y estant aussi tost vous fustes employé,
   Employé, digne d'estre employé vous parustes,
   Paroissant vn bon-heur à la France enuoyé.
Voz premiers coups d'essay, qui eurent à leur suyte
   Tant de biens, que de vous nostre France reçoit,
   Au iugement de tous, en honneur & merite
   Vous firent deuancer ceux que l'âge auançoit.
Ayant premierement ainsi vaincu des autres
   Les belles actions, toutes dignes d'honneur:
   Les vostres par apres surmonterent les vostres,
   De vous-mesme vaincu vous estant le vainqueur.
Sans borne s'estendoit tousiours vostre prudence:
   Et au plus du present le passé sembloit moins.

Ainsi chose incroyable estoit en euidence,
    Cõtre vous,&pour vous voz faits estoiët tesmoins.
En ieunesse à noz Roys vous fustes vn Cinee,
    En vieillesse à noz Roys vous estes vn Nestor:
    Et d'vn siecle de fer en guerres ruinee
    La France eut par la paix,de vous vn âge d'or.
Ceste Paix eut Veruins pour lieu de sa naissãce,(rains,
    Elle eut DIEV pour son pere,& les Roys pour par-
    Mais pour sa sage-femme elle eut vostre prudence,
    Car sa naissance fut l'ouurage de voz mains.
Ce coup de vostre main est cause qu'on moissonne
    En benediction l'abondance des champs,
    Ce coup de vostre main est cause que personne
    Ne redoute le coup de la main des meschants.
Mais ce qui plus mon ame en merueille a rauie,
    C'est ce don,qu'à vous seul le ciel met dans la main:
    Le pié de la prudence,allant par vostre vie,
    N'a iamais fait faux pas en vn si long chemin.
Tousiours vostre dessein par prudence s'embarque,
    Et tousiours par bon-heur il va surgir à port,
    Ce que vostre main fait,la sagesse le marque:
    Et tousiours entre au bien tout ce qui de vous sort.
La bouche de voz faits publie vne alliance,
    Alliance durable à tousiours & iamais,
    Que la Fortune a faite auec vostre prudence,
    Pour deux iointes en vn ioindre en vn deux effaits.
Poursuyure voz vertus fortune est en campagne:
    . Franchement leurs chemins elle a tousiours battus,

A iij

Dés le commencement elle se fit compagne,
De peur d'estre à la fin serue de voz vertus.
Quand le peuple François à ces vertus repense,
Qui luy ont enfanté tant de bien & bon-heur,
Il dit, vous honnorant d'assez de recompense,
Qu'il ne vous peut assez recompenser d'honneur.
Ma Muse, qui admire & humblement honnore
Ces vniques vertus, & leurs effaits diuers,
Par ses vers les saluë, & resaluë encore,
Veritable en ses dits, plus que douce en ses vers.

IVDIT.

II.

CEtte saincte Cité, qu' Holoferne assiegeoit,
De la soif combattuë autant comme des armes,
Du manquement des eaux dessus tout s'affligeoit,
N'ayãt point d'autres eaux, que les eaux de ses lar-
Les Prestres consentoient que la ville on rendist, (mes.
Si DIEV ne les assiste: vn chacun s'y accorde:
Le terme est de cinq iours: vne seule Iudit
Ne met borne de temps à sa misericorde.
DIEV la suscita lors femme de braue cœur,
Pour restablir aux siens la ioye dans leur ame:
Pour faire vaincre vn fort, par vn foible vainqueur,
Vn grãd prince, vn grãd cãp, par vne seule femme.

Le grand D I E V de la paix, qui preside aux combats,
   Des armes de Iudit fait matiere à sa gloire:
   A son hardy dessein il baille vn vaillant bras,
   La victoire à son bras, triomphe à sa victoire.
Au lubrique Holoferne vn ret elle tendit,
   L'Amour & les Beautez filerent ce cordage:
   Le Prince s'y arreste, & plus loing va Iudit,
   Femme en toute beauté, toute masle en courage.
Victorieusement Holoferne elle abbat,
   Au milieu de son ost, par vaillance auisee,
   Changeant en vraye guerre vn amoureux combat,
   Vne boüillante amour en vne mort glacee.
Mon ame s'imagine en vn tel changement,
   Qu'elle voit le Malheur voler de Bethulie
   Au camp des ennemis, & qu'en mesme moment
   L'Heur s'ĕuole aux Hebreux, quittãt l'ost d'Assyrię.
Le grand deuient petit, le peu deuient beaucoup:
   Tout change, & rien à soy semblable ne demeure.
   Que Iudit fit alors de playes en vn coup,
   De morts en vn trespas, d'affaires en vne heure!
L'assiegé met soudain les assiegeans à sac,
   Vn peuple languissant vne puissante armee,
   Iudit tenant le chef d'Holoferne en vn sac,
   Et dans ce mesme sac la victoire enfermee.
Filles de Betulie, à vn chef-d'œuure tel
   Peut-on riĕ moins dõner, qu'vne gloire immortelle?
   Chantez dõc cette Femmĕ, & cet œuure immortel:
   Il n'en est point de tel, il n'en est point de telle.

Chantez Betuliens, vne telle vertu:
   La memoire iamais n'en puisse estre estouffee,
   Holoferne ennemy, quand il fut abbattu,
   Luy-mesme leua lors à Iudit vn trophee.
Chantez cette victoire encore derechef:
   Mais sur tout loüez DIEV, qui les armes gouuerne,
   Iudit fut vostre camp, Iudit fut vostre chef,
   Ayant coupé le chef du superbe Holoferne.

I O B.

III.

D'Vne tranquillité de tout aise suyuie,   (ceint:
   A main droite, à main gauche on voyoit Iob en-
   Ses biẽs, ses mœurs peignoient au tableau de sa vie
   Vn personnage riche, vn personnage saint.
DIEV, qui aime les siens, plus qu'on ne pourroit croire,
   Qui dõne à leur iour d'hyer en suyte vn beau iour-
   De Iob fait vn rayon au soleil de sa gloire: (d'huy,
   Iob se vante de DIEV, DIEV se vante de luy.
As-tu veu, disoit DIEV, à celuy qui enflame
   Nos cœurs d'vn sale feu, Iob qui sur tous humains,
   Le feu de mon amour porte dedans son ame,
   La bonté dans son cœur, l'innocence en ses mains?
Ce mortel ennemy de la nature humaine
   Ne fait conte de Iob, ny de sa saincteté,
   Disant que c'est le bien, qui au bien-fait le meine:
   Que le bien luy faillant luy faudra la bonté.

Dieu lors abandonna, à l'esprit de nuisance,
Les biens que Iob auoit en sa possession:
Non pas le corps de Iob: ce corps auoit puissance
D'auoir vn autre honneur, d'vne autre affliction.

Aussi tost cet esprit embouche la trompette,
Dont le corps a pour ame vne haleine de vent:
Aux biens que Iob auoit, il sonne la retraitte,
Et met la pauureté contre Iob en auant.

Ses enfans sont brisez d'vne maison tombee:
Ses troupeaux sont rauis des Arabes voleurs:
Sa substance, qui reste, est du ciel enflambee:
Et tout en mesme temps il sent tous ces malheurs.

Il ne luy reste rien, que sa seule constance,
Qui pour battre son mal les armes luy fournit,
Et les tiltres d'honneur, desquels en abondance,
Malgré la pauureté, l'Eternel il benit.

Esprit de calomnie, ô pere d'imposture,
As-tu bien fondé Iob? que luy feras-tu plus?
Tu as fait ton malheur de sa malle aduanture:
Tu le voulois confondre, & te voila confus.

Calomniant pourtant vne vertu si sainte,
Tu dis que c'est trop peu contre Iob entrepris:
Qu'il a donné courant à la bague vne atteinte:
Qu'il faut courir plus droit, pour auoir droit au prix.

En fin le corps de Iob Dieu plus ne luy refuse:
A fin que cet Esprit, en l'affligeant au corps,
L'appelle homme de bien, sans resource d'excuse:
Au cas que Iob demeure homme de bien alors.

O le rude combat, dont ie sonne l'alarme!
    O lamentable Iob! y resisterez-vous?
    Quand bien vous pleureriez vostre derniere larme
    Vous n'esgaleriez pas voz larmes à voz coups.
Tous les maux à la fois combattent à outrance
    Contre le pauure Iob, d'vn effort nompareil,
    Foiblesse sans appuy, assaut sans resistance,
    Detresse sans confort, playe sans appareil.
Plaintes, souspirs, & pleurs, ne peuuët assez plaindre,
    Souspirer, & pleurer ses extresmes douleurs,
    Il faudroit inuenter, pour y pouuoir atteindre,
    Et forger de nouueau plaintes, souspirs, & pleurs.
Dans la bouche il auoit la faim & le silence,
    La playe & la vermine il auoit sur le corps:
    Mais ayant dans son cœur tousiours la patience,
    Il estoit sain dedans, & malade dehors.
Ceux qui auparauant reueroient son merite,
    Eschangent ce respect en extresme mespris,
    Iusques là que sa femme en se moquant l'irrite,
    Plus qu'autre affliction affligeant ses esprits.
Trois le vont visiter pendant sa violence,
    Pour flater sa douleur de consolation:
    Mais leur bouche est muette au milieu du silence,
    Voyant Iob au milieu de son affliction.
En fin, mais indiscrets, ils ouurirent la bouche,
    Prononçant mal pour bien, & trouble pour repos:
    Leur langue accuse Iob, & à l'honneur le touche
    De propos, qui n'estoient nullement à propos.

Ils impoſent le crime à ſon ame innocente,
Et diſent qu'il a mal pource qu'il a meſpris:
Mais Iob repris, reprend leur langue meſdiſante:
Et meſme encore apres D I E V *les en a repris.*

Tandis Iob va plaignant les miſeres du monde,
Où l'homme eſt ſous le mal, & ſur les animaux:
Que de profonds diſcours vne douleur profonde,
Que de beaux mots dorez enfanterent ſes maux?

Qu'il rend la verité nettement eſpluchee:
Qu'il deſlie aiſément le neud plus attaché,
O Reſurrection auparauant cachee,
Iob à pleins yeux vous touche, eſtant de DIEV *tou-*
C'eſt le dernier ſecours, qu'il attend de ſes armes, (ché.
C'eſt le retranchement dernier de ſa douleur:
Vne eſponge il en fait propre à boire ſes larmes,
Vne pantarbe propre à glacer ſa chaleur.

Vous Veuues ſans mary, vous Orphelins ſans pere,
Regardez-vous pas Iob d'vn œil triſte & marry?
Voſtre honneur, voſtre bien, de perte & vitupere
Il ſauuoit, vous ſeruant de pere & de mary.

Et vous ô Souffreteux, butin de l'indigence,
Pleurez-vous point le mal, duquel il eſt chargé?
Iob, qui vous allegeoit, a beſoin d'allegeance,
Iob, chez qui vous mangiez, de vermine eſt mãgé.

Tout nud ſur vn fumier, ſans nulle couuerture,
Sinon qu'il eſt couuert de playes & de coups,
D'vn pot caſſé de terre il racle ſon ordure,
Effroyable à ſes yeux, & meſme aux yeux de tous.

De moment en moment plus fort on voit se rendre
   L'effort de sa douleur: mais l'augmentation
   De la douleur pourtant ne sçauroit faire prendre
   Au courage de Iob, la diminution.
Iob est champ de bataille, où la Douleur extresme
   Auec la Constance extresme se combat.
   DIEV veut iuger des coups, & regardãt luy mesme,
   Sur ce choq esleué ses deux yeux il abbat.
La constance de Iob en son ame se campe,
   Que la Douleur assaut auecque son malheur:
   La Constance de Iob est de si dure trampe,
   Qu'auec douleur y rompt ses armes la Douleur.
Frapant sur le rocher d'vne telle Constance,
   Son fer rebouche & rõpt, quoy que fort & pointu.
   Ainsi Iob en souffrant sans faire resistance,
   A l'honneur du combat sans auoir combattu.
DIEV, le Ciel, le Soleil, les Elemens du Monde
   Virent en ce combat son inuincible cœur.
   Dessus ce tesmoignage à tout iamais se fonde
   La honte du vaincu, la gloire du vainqueur.
Pendant que le trauail abbat son corps en terre,
   Le repos esleuoit son esprit sur les cieux:
   DIEV mesme estoit sa paix au fort de cette guerre,
   Et son mal ne pouuoit le rendre malicieux.
Il conserue tousiours nette son innocence,
   Parmy tous les fumiers & les fanges d'alors:
   Le Dez de son malheur, qui luy liure la chance,
   N'a point de point pour l'ame, il est tout pour le
                            (corps.

Son corps trempe en ſes pleurs:mais ſon ame ne trempe
 Dans la fange pourtant d'aucune iniquité:
 C'eſt pourquoy DIEV l'eſclaire,&des rais de ſa lápe
 Change en iour de bon-heur,ſa nuit d'aduerſité.
DIEV luy rend à la fin ſes richeſſes au double:
 Deux fois plus que deuant riche &le grand il le fit:
 A fin que Iob tiraſt vn repos de ſon trouble,
 De ſa honte vn honneur,de ſa perte vn profit.
En ſes enfans pourtant ceſſe cette apparence,
 Mais en effait leur nombre a doublé vrayement:
 Bien qu'il euſt dix enfans deuant ſa patience,
 Et qu'il n'en euſt apres que dix pareillement.
Vn iour quãd DIEV viẽdra pour ſa gloire &la noſtre,
 Iob verra bien que DIEV apres l'affliction
 A doublé ſes enfans:à Iob l'vn apres l'autre
 Contera vingt enfans la Reſurrection.
Mais luy-meſme deſia ſemble qu'il reſuſcite,
 Des peines & douleurs aux ioyes reuiuant:
 Le mal,qui le ſuyuoit,prend promptement la fuyte,
 Le bien,qui le ſuyoit,luy va viſte au deuant.
Sa tempeſte deuient vne bonaſſe coye,
 Il rappelle ſa vie au chemin de la mort,
 Son torrent de douleur coule en fleuue de ioye,
 Et trouue heureuſement au naufrage le port.
Vous,qui du mal de Iob iugiez mal de ſa vie,
 Vous,qui le iugeant bon,iugiez DIEV rigoureux,
 Voſtre humain iugement,qui l'erreur a ſuyuie,
 Iugeant de l'vn & l'autre,a mal iugé des deux.

La iuſtice de DIEV & de Iob l'innocence
    Sous l'angoiſſe de Iob ſe voiloient en paſſant:
    Mais DIEV tire ce voile, & voz yeux ont puiſ-
    De côtēpler DIEV iuſte, & voir Iob innocēt. (ſa ce
Honneur de la conſtance, inuincible courage,
    Qui l'orage du monde auez ſi bien vaincu,
    Sept vingts ans dans le port, apres ce grand orage,
    A l'abri de tous vents, Iob, vous auez veſcu.
De pauure deuenir riche de toutes choſes,
    Tirer de tous mal-heurs toutes felicitez,
    Des fanges paruenir aux œillets & aux roſes,
    Bon Iob, c'eſt le bon-heur de voz calamitez.
Que voſtre affliction, à qui ie porte enuie,
    Puiſſe, ô Iob, m'apporter ma conſolation :
    Puiſſe l'affliction, qui entre dans ma vie,
    En ſortir par meſme huis, que voſtre affliction.
Mais vous, DIEV des viuans faites que reſuſcite
    Ma ioye dans mon cœur, prenant vie au treſpas:
    Et que mon cœur ayant voz graces pour merite,
    Plus de grace ait mon cœur, qu'il ne merite pas.

L'AMBITION.

IIII.

Sorciere des eſprits, dont le charme ne doute
    Que les cœurs plus ardens à ſe rendre inuaincus,
    Le maſque de l'honneur, la face de la honte,
    Don & preſent du moins, & promeſſe du plus.

Ruse, poison, & fard, dont l'artifice trompe
   L'esprit, le goust, & l'œil de l'homme le plus fin,
   Theatre, où se promeine vne tragique pompe,
   Rose au commencement, espines à la fin.
Bandeau, qui finement desrobes la lumiere
   Aux yeux, qui pensent voir plus que les yeux d'Ar-
   Meschante Ambition, ta fraude la premiere (gus:
   Mesme dedans le Ciel les Anges a deceus.
Enyurez de ton vin, & n'estans que l'ouurage,
   A l'ouurier toutesfois ils vouloient s'esgaler :
   Mais d'autãt qu'ils vouloiët s'esleuer par outrage,
   D'autant bas par iustice il les fit deualer.
Tout se banda contre eux : le Ciel leur fit la guerre,
   Aussi fit le feu, l'air, & l'humide element:
   Et n'eussent pas esté mesmes receus en terre,
   Sinon pour receuoir en terre du tourment.
Vous, qui flambiez au Ciel d'vne lumiere sainte,
   Ne regrettez-vous point auecque passion
   Cette lumiere là, laquelle fut esteinte,
   Alors que la souffla le vent d'Ambition?
Mais cette Ambition, du Ciel estant bannie,
   Ne changea de desir, ayant changé de lieu :
   Tousiours ce desir là la possede & manie,
   Foible de s'opposer à la force de DIEV.
Non pas que contre luy front à front elle estriue:
   Mais aux Roys elle en veut, & son impieté
   Tasche effacer les traits, & la couleur plus viue
   De ces viuans pourtraits, de la Diuinité.

De DIEV de main en main descend toute puissance:
  DIEV la depart aux Roys, les Roys aux magistrats,
  A qui l'Ambition tasche à faire nuisance:
  Tout ce qui vient d'enhaut, elle veut mettre en bas.
Aux plus belles moissons elle met sa faucille,
  Aux charges, aux estats, au repos, & bon-heur:
  Et marche à courbe dos, comme infecte chenille,
  Sur les fleurs, & les fruicts de l'arbre de l'honeur.
Tout ce qui est marqué d'authorité publique,
  Tout ce qui porte au front marque de dignité,
  Elle le marque à elle: & pour marque elle applique
  Dessus ce qui est saint, signe d'impieté.
A la fraude, à la force elle est embesognee:
  Comme elle voit bon estre elle les met auant:
  L'arbre, à qui elle en veut, sent tantost sa cognee:
  Tantost elle le bat, & renuerse d'vn vent.
Sa foiblesse à tous coups se renforce de ruse:
  Son pié ne laisse point de piste en son chemin:
  De la langue d'autruy, quand elle parle, elle vse,
  Et par la main d'autruy fait les coups de sa main.
Des ruines d'autruy son palais s'edifie:
  Du trouble d'vn chascun elle fait son repos:
  Elle fait loyauté de tromper qui se fie,
  Toute cruelle en faits, toute douce en propos.
Le menu populaire elle honnore & saluë,
  Pour l'honneur & salut perdre aux Roys & aux
  Crocodile du peuple, en flatant elle tuë: (Loys:
  Quand le peuple elle grate, elle escorche les Roys.
                                        Maudit

Maudite Ambition, que tu es inesgalle,
    Et contraire à toy-mesme à te bien balancer:
    Sous les vils & meschants ton orgueil se raualle,
    Voulant sur les meilleurs, & plus grãds se hausser.
Quand les petits font mal, tu les couures d'excuses,
    A fin que leur audace assiste à tes efforts:
    Les pechez plus petits des plus grands tu accuses,
    Donnant la honte au chef, & la reuolte au corps.
D'vn langage pipeur les membres tu rebute,
    D'obeïr à leur chef, quand tu les as surpris:
    Ta trousse a biẽ des traits, mais tu n'as qu'vne bute,
    Chãger l'amour en haine, & la crainte en mespris.
Ce qu'vn chef touche à droit, à gauche tu le touche:
    Tu tournes de biais, ce qu'il prend à droit fil.
    Tousiours le bien public te sonne dans la bouche,
    Le hayssant de fait, & l'aimant de babil.
Si as-tu peu de sens auec toute ta ruse:
    Tu aimes la grandeur, & la vas saccager:
    L'authorité te plaist, & tu la rens confuse:
    Tu brusles la maison, où tu te veux loger.
Sur tout ie m'esbahis, que ta dextre hardie,
    Qui ne se prẽd qu'aux grands, me presente l'assaut.
    Pour faire dessus moy iouër ta tragedie,
    Ie suis, Ambition, trop petit eschaffaut.

V.

CHaritables Esprits, qui par compassion
   Beuuez auecque moy la coupe d'amertume,
   Du germe de mes maux naist vostre affliction,
   Mes larmes font voz pleurs, mō feu le vostre allu-
Vostre entiere amitié, contraire en ses effaits,   (me.
   A l'aise & à l'ennuy en mesme temps m'oblige.
   Ie suis aise d'auoir des amis si parfaits:
   Mais vous voir affligez, c'est ce qui plus m'afflige.
De grace laissez moy tout seul en mes ennuys:
   Le mal se fait plus grand, plus il se communique:
   Ne voilez point voz iours de l'ombre de mes nuits,
   Ne faictes point commun ce qui doit estre vnique.
Vous voulez desmembrer par partage le Tout
   De mes aigres douleurs, entre vous departies:
   Mais leur perte est leur gain, & leur fin est sās bout:
   Car leur Tout se regerme en perdant ses Parties.
Ce remede est vaincu par mon tourment vainqueur:
   Cette eau dedās mō feu sert d'vne huile à ma flame.
   Toute espine en voz mains, est ronce dās mō cœur,
   Toute playe en voz corps, est mortelle en mō ame.
Ne vous estonnez point, de voir que mon tourment,
   Qui de moy passe à vous, de vous à moy retourne.
   La fin remeine tout à son commencement:
   Cōmēcer, & finir n'est qu'vn cercle où l'on tourne.

Les fleuues tournoyans au rond de leur chemin
Retournent dans la mer, d'où leur onde est sortie.
La douleur de mon mal, qui coule en vostre sin,
De vous retourne à moy, comme elle en est partie.
De l'vn à l'autre ainsi mon mal sans cesse allant
Ourdit à mes douleurs vne plus longue trame:
C'est vn amas neigeux qui croist en se roulant,
C'est vn mouuement chaud, qui rallume ma flame.
Helas, vous me nuysez m'estans officieux:
Au feu de voz ennuys mõ sãg boult en mes veines:
Voz yeux sont vn tableau de tristesse à mes yeux,
Voz peines vn desbord au torrent de mes peines.

L'AMOVR ROYAL.

VI.

Tout ce qui est parfait refuse la loüange:
La loüange est trop peu, pour la perfection:
La perfection fait ordinairement change
De loüange commune, en admiration.
Ainsi faut-il, Madame, admirer vos merueilles,
Où le tresor du ciel luy mesme s'est vny:
Aussi bien par la voix les conter aux aureilles,
C'est faire l'impossible, & borner l'infiny.
Mais l'admiration, que la merueille enfante,
Rend mõ ame enchantee, en vous chantãt ces vers:
Car en vous admirant, Madame, elle se vante,
Qu'elle seule fait bien, ce que fait l'vniuers.

L'vniuers vous admire,& vous rend reuerence,
   Pour auoir eu tousiours toutes les Majestez:
   Car vous estiez,deuant qu'estre Reine de France,
   La Reine des vertus,la Reine des beautez.
A cause de cela,nostre France confesse,
   Que par vous son pays fleurit par dessus tous,
   Qu'elle est petit Royaume,à si grande Princesse:
   Et qu'en vous honorant,son honeur viet de vous.
De vous elle reçoit,alors qu'elle vous donne
   Son sceptre , sur tout sceptre au monde precieux:
   Car vous luy assemblez,auecque sa couronne,
   L'empire des beautez de la Terre,& des Cieux.
C'est ce qui la remplit d'honneur & d'allegresse,
   D'honneur par l'vniuers,d'allegresse en son cœur:
   Sa liesse pourtant n'est pas pure liesse,
   Craignāt qu'vn autre qu'elle ait part à son hōneur,
Car le Ciel,la Vertu,& Florance,& Fortune,
   Et les Peuples,qui sont loing de vostre Cité,
   Veulent auoir en vous vne gloire commune :
   Et la France vous veut seule en proprieté.
Premierement le Ciel,admirant son ouurage
   En voz perfections, pour son miroir vous prend:
   A fin que voz grādeurs,qui sont sa viue image,
   Luy fassent voir en vous , combien c'est qu'il est
Mais ce qui le contente,est ce qui le moleste: (grand.
   Sa rose est son espine,& son miel est son fiel:
   La Terre en vous ayant se fait toute celeste,
   Le Ciel estant sans vous,n'est plus vrayemēt Ciel.

Si trouue-t'il pourtant appareil à sa playe,
   En son amer du doux , & en son mal du bien,
   Voyant qu'il faut qu'on iuge, en despit qu'on en aye,
   Que tout ce qui est vostre, autresfois estoit sien.
Cependant la Vertu, dont la vie est vostre ame,
   Sa gloire vostre honneur, ses faits voz actions,
   Se vante hautement qu'on l'adore, Madame,
   Dans le temple sacré de vos perfections.
Vous fleurissez par elle, & elle est fleurissante
   Par le sceptre royal, que vous allez portant.
   Ainsi vous la rendez en ce monde puissante,
   Autant que vertueuse au monde elle vous rend.
Fortune d'autre part, qui se dit souueraine
   Des empires du monde, auecque beaucoup d'heur
   A l'honneur de vous voir sa cōpagne , estăt Reine:
   Et sa grandeur par vous est plus grande grandeur.
La Fortune à ce coup par vous est fortunee:
   Le goust de sa grandeur vous luy rĕdez plus doux,
   Par l'honneur qui luy vient de vostre compagnee:
   Et la Fortune ainsi fait Fortune auec vous.
Mais Florance, qui est l'œil du corps d'Italie,
   Se vante estre le Ciel, d'où vostre beau Soleil
   Iette sur l'vniuers sa lumiere accomplie:
   Comme tout l'vniuers dessus vous iette l'œil.
La Deesse tandis qui tousiours parle & veille,
   Pour tout voir & tout dire, à la terre & aux cieux,
   Vous fait aux estrangers connoistre par l'aureille,
   En ne vous pouuant pas connoistre par les yeux.

B   iij

Par tout où elle va, voſtre image elle porte:
   Et par tout de ſes pieds les chemins ſont battus:
   Elle meſme vous peint, & peint de telle ſorte,
   Que ſes viues couleurs, ſont voz viues vertus.

Tout participe en vous, le Ciel par origine,
   La Vertu par le droit de l'habitation,
   Fortune par le droiĉt de compagne & voiſine,
   Les Peuples eſtrangers par reputation.

Fleurance par le bers, qui receut voſtre enfance,
   Lors que vous fiſtes naiſtre en naiſſãt ſon bõ-heur,
   Ainſi vous honnorez tout en toute abondance,
   Eſtant à l'vniuers, l'vniuers de l'honneur.

Auſſi falloit-il bien que le grand Roy de France,
   Qui des Roys les plus grands rend le luſtre terny,
   Trouuaſt par ſa grandeur, dedans voſtre excellẽce,
   Recompenſe infinie à merite infiny.

Des effets ſouuerains le ſage & puiſſant maiſtre,
   Le Ciel vous fit tous deux, par vn iuſte conſeil,
   Pareils eſgalement, alors qu'il vous fit naiſtre
   Et vous la nompareille, & luy le nompareil.

Vous deux eſtes pareils, & nompareils aux autres:
   Mon Roy paſſe les Roys, & les ſurmonte tous:
   Ses merites pourtant ſont eſgallez des voſtres,
   Vous eſtant de luy digne, & luy digne de vous.

Le Myrthe de Beauté vous couronne la teſte,
   Le Laurier de Valeur luy couronne le front:
   Et ces deux arbres-la, par eſgalle conqueſte,
   Et vaincus & vainqueurs en meſme tẽps vous fõt.

O myſtere d'Amour, qu'Amour m'a fait comprendre,
Par qui vous & mon Roy tous deux eſtes dontez!
Vaincu à voz Beautez ſa Valeur il vient rendre:
Vaincuë à ſa Valeur vous rendez voz Beautez.

L'AVRORE.
VII.

Courriere du Soleil, ſommeillez-vous encore
Entre les bras glacez de voſtre froid eſpoux?
Aurore, penſez-vous auoir vne autre Aurore,
Qui vous ouure le ciel, & marche deuant vous?
Mais d'où vous vient cela, qu'auecques toutes peines,
Ie vous vois auiourd'huy le lit abandonner?
Leuez-vous, belle Aurore, & ce iour des Eſtreines
En nous donnant le iour venez nous eſtrener.
Nymphe, qui diſtilez les flots de la roſee
Ronde comme vne perle, & claire comme argent,
Le Soleil auiourd'huy vous a bien abuſee:
Pareſſeuſe il vous fait, ſe faiſant diligent.
Vous ſouliez deuant luy courir voſtre carriere,
Deuant vous maintenant il court tout au rebours:
Dés minuit il vous a miſe bien loing derriere,
Et ſa courſe de l'an, la courſe de voz iours.
Mais, Belle, qui portez touſiours vne Sabee
De parfuns & d'encës, par tout où vous marchez,
C'eſt vn acte de nuit fait à la deſrobee:
Et quant à vous touſiours le beau iour vous cher-

Qu'il ait à son souhait recommencé la course,
    Droit au poinct de minuit, de son bel an nouueau:
    Vostre rosee aura tousiours autant de source,
    Et l'esmail de voz fleurs n'en sera pas moins beau.
S'il a donc deuant vous marché cette nuit coye,
    N'appellez pour cela, les pleurs ny les regrets:
    Quoy que ce soit, au iour il faudra qu'on vous voye
    Vous marcher la premiere, & luy venir apres.
Mais ie vous voy desia dans le fonds d'vne nuë,
    Faire flamber l'esclat de vostre vermillon:
    La nuë a des replis frisez d'onde menuë,
    Autant que de couleurs a vostre cottillon.
Princesse du matin, Dame de la lumiere,
    Reine du poinct du iour, esclatant de beauté,
    Borne des iours & nuits, eternelle barriere,
    Qui se met au milieu de l'ombre & la clarté.
Ie vous viens estrener de rimes & de nombres,
    Qu'en present ie vous veux droit au ciel esleuer:
    Si aumoins à present, moitié iour moitié ombres,
    Le droit chemin vers vous ils peuuët bien trouuer.
Ne vous offensez point, si ma voix appareille
    Son pouuoir bien petit, bien que deuotieux:
    Mais plustost descendez en terre de l'aureille,
    Si ie ne peux monter de la voix iusqu'aux cieux.
Et si ma voix, chantant en mesure inesgale,
    D'air en air, pas à pas, vn mesme train ne suit:
    Mettez-vous en pensee, Aurore matinale,
    En deuançant le iour, que vous suyuez la nuit.

Ie vous chanteray donc, Portiere des iournees,
    Qui desbarrez le Ciel tous les iours au Soleil:
    Si mes rimes pour vous ne sont assez ornees,
    Mon courage pour vous est aumoins nompareil.
Mais c'est suyuant la piste, & marchant par les sentes
    Des Muses, qui sur tout vous portent amitié:
    Car ie vous oy nommer à ces vierges sçauantes
    Toutes entierement, leur plus chere moitié.
Pourquoy penseriez-vous, qu'elles sont coustumieres
    D'habiter aux coustaux, où tousiours elles sont?
    C'est à fin qu'au matin, de bien loing les premieres
    Elles vous puissent voir, de la cime d'vn mont.
Vraiment elles font bien, quand d'vn œil agreable
    Elles vont saluer de loing vostre beau front:
    Car vous leur annoncez leur Phœbus fauorable,
    Pront à les inspirer, & à vous suyure pront.
Mais non pas seulement ces neuf doctes pucelles
    Desirent voir flamber les rayons de voz yeux:
    Mesme la terre & l'air ont ce desir comme elles,
    Plus belle en est la terre, & l'air plus gracieux.
Voz yeux sont deux flãbeaux, dont la chaude lumiere
    Purge l'air de l'humeur, & de l'obscurité:
    Ou si ce n'est du tout, vous estes la premiere,
    Et le Soleil vous suit par exemple imité.
Puis tousiours à bras nuz, au poinct des matinees,
    Auec voz blãches mains, vous rēuersez des fleurs
    Sur le sein de la terre, à pleines coffinees,
    Meslant l'air de parfuns, la terre de couleurs.

Que vous estes heureux, Peuples, où c'est qu'habite
  L'Aurore, qui de pres vous iette ses rayons:
  Puis qu'en nostre Occident penetre son merite
  Iusqu'à nous, qui de loing seulement la voyons.
De manne sont tousiours couuertes voz montagnes,
  Voz coustaux en tout tẽps sont chargez de raisins,
  Voz prés de toutes fleurs, de tous fruits voz cãpa-
  Et parmy tout cela tousiours vo⁹ estes sains. (gnes:
Aussi pas vn de vous à tous ces fruicts ne touche:
  Arbres, herbes, & fleurs de parfuns affinez,
  Et de mets odorans fournissent vostre bouche:
  Si la bouche en cela, peut autant que le nez.
Plus d'ans cela vous fait viure en teste chenuë,
  Qu'il n'y a pas de poils aux laines des moutons.
  Voila pourquoy l'Aurore à vous autres connuë
  N'a pas vn Tithon seul, mais cent mille Tithons.
Tout separez de nous, sinon de renommee,
  Et fors qu'à nostre aureille, inconnus à noz sens,
  Peuples, viuez heureux d'odorante fumee,
  Comme les immortels se repaissent d'encens.
Moy tandis ie n'ay part nulle à vostre fortune,
  Que le bien de chanter tant de bien qui vous rit,
  Que vous despart à tous vostre Aurore commune,
  Que vous cherissez tant, & qui tant vous cherit.
Encore toutesfois i'ay plaisir d'estre chantre
  Du bon-heur que l'Aurore aime à vous departir.
  Mais ie retourne à elle, à fin que par où i'entre
  Dans cet hymne, par là i'en puisse aussi sortir.

Cet hymne porte au front beaucoup de hardieſſe,
   Oſant bien raconter vn debat odieux
   De quelques Dieux du ciel:mais ç'eſt vne Deeſſe,
   Que ie celebre aumoins,ſi i'offenſe des Dieux.
Belle Aurore,animé de voz forces puiſſantes,
   Hardiment i'oſe bien annoncer en ces vers
   Les Dieux,& les humains perſonnes innocentes,
   Quand ſans or l'âge d'or regnoit en l'vniuers.
Les bons peres humains,qui furent en cet âge,
   N'eſtoient pas comme nous pareſſeux au reſueil:
   Leur chant des oiſillons reſueilloit le ramage,
   Et les oiſillons l'Aube,& l'Aube le Soleil.
Le Somme languiſſant n'auoit puiſſance aucune,
   A l'heure que l'Aurore entroit en ſon pouuoir:
   La Lune s'en faſcha,& cette blanche Lune
   S'enflamba de colere,& rouge ſe fit voir.
Voicy qu'elle diſoit,eſtant toute allumee
   De rouge ſur le front,dans le cœur de deſpit,
   L'Aurore ne doit pas eſtre tant eſtimee
   Commencement du iour,comme fin de la nuit.
Elle me doit hommage,& doit recognoiſſance
   A l'aiſné de mes fils,au paiſible Sommeil:
   Il faut qu'elle l'honnore,& par obeyſſance
   Que les hommes chez elle,au Somme baiſſent l'œil.
La Lune ainſi parla:le Soleil qui l'eſcoute,
   Craignant perdre l'Aurore:ainſi comme ſa ſœur
   De colere eſtoit lors rouge entierement toute:
   Tout entierement lors eſtoit palle de peur.

Aurore,que ie chante en ces rimes que i'orne
De voz tiltres d'honneur,n'estiez vous pas alors,
Ainsi qu'entre deux champs vne terre sans borne,
Où deux veulēt plāter leurs bornes & leurs bords?
Pour esteindre le feu de leur noise enflammee,
Vous versastes dessus,s'il le faut dire ainsi,
Comme vne eau de prudence,Aurore renommee,
Qui lors fistes leur bien,& vostre bien aussi.
Vous leur disiez ainsi en leur propre presence,
Vous Lune,& vous Soleil,si i'auance vn propos,
Prenez-le en bonne part, & m'en donnez licence:
Car c'est pour mon deuoir,& pour vostre repos.
Puis il y va du mien:c'est vn fait qui me touche:
A mon occasion vostre noise s'accroist.
A fin dōc que mō cœur vous parle par mā bouche:
Tous deux vo⁹ aués tort, tous deux vo⁹ aués droit.
Tous deux vous auez droit d'aspirer & pretendre
Sur moy,qui de vous deux tiēs ma ville & mō fort:
Mais quād chacū de vous m'aßiege pour luy rendre
Mon fort commū à part, tous deux vous aués tort.
Ie suis vn vray milieu de l'ombre & la lumiere:
Ie marche apres la Lune,& le Soleil me suit:
Ainsi suis-ie commune,& non particuliere,
Au Soleil,à la Lune,au iour & à la nuit.
I'appartiens à tous deux:mais de la mesme sorte,
Qu'vn champ qui est à deux par esgalle raison,
Où chacun d'eux la peine & la semence apporte,
Pour recueillir tous deux vne esgalle moisson.

Moiſſonnez donc mõ chãp, pour vous le dire en sõme,
    Puis qu'il eſt en commun appartenant à vous:
    Mais ſemez-y dedans, ſur toute veille & ſomme,
    Vne veille bien douce, & vn ſomme bien doux.

Vous euſtes dit, Aurore: & toute l'aſſemblee
    Des Dieux en plein conſeil loüa voſtre diſcours,
    Diſcours qui renoüa l'alliance troublee
    De la mere des nuits, & du pere des iours.

Mais s'ils eurent tous deux, par eſgalle iuſtice,
    Ce qui leur eſtoit deu, vous n'y perdiſtes-rien:
    Auſſi c'eſt en prudence vn remarquable vice,
    Que de faire ſon mal, pour faire aux autres bien.

Les Dieux conclurent tous, d'vne bouche eternelle,
    Et par arreſt donné en leur dernier reſſort,
    Que voſtre heure ſeroit l'heure bien la plus belle,
    En laquelle lon veille, & en laquelle on dort.

Voſtre heure tout depuis eſt ſi pronte & ſubtile,
    Si l'ame reſueillee employe ſon outil,
    Soit d'inuenter lors, ou exercer le ſtile,
    Que la ſubtilité n'a rien de plus ſubtil.

C'eſt lors que l'Aduocat & le ſacré Poëte
    Font mieux, l'vn ſon plaidé, l'autre ſes chãts diuins:
    Et qu'vn grand capitaine inuente vne defaite
    Plus par ruſe d'eſprit, que par force de mains.

Mais ſi cette heure eſt propre à l'eſprit qui s'exerce,
    Si eſt-ce que le ſomme eſt le plus doux alors:
    Ainſi cette heure eſt bonne à choſe bien diuerſe,
    Au trauail de l'eſprit, & au repos du corps.

STANCES.

Aurore, il y a plus, ce somme incomparable
  A des songes tous vrais pleins de diuinité:
  Ainsi possedez-vous vn sommeil delectable,
  Vn songe ce sommeil, ce songe verité.
La Lune, qui preside aux songes & aux sommes,
  De doux somme, & vray songe honora voz matins,
  Pour vous recõpenser: & tout depuis les hommes
  Lors ont les sommes doux, & les songes certains.
Aurore, qui vaguez à tresse descoiffee,
  Lors que les songes faux commencent à sentir
  Vostre venuë au ciel, ils rentrent chez Morphee,
  Et les vrais songes lors commencent d'en sortir.
L'vn de ces songes vrais vint vne matinee
  Au malade Hippocrate allegement donner,
  Luy lequel ordonnoit aux autres la saignee,
  Au poulce l'enseignant luy-mesme à se saigner.
Charlemagne depuis, & le grand Alexandre,   (iour,
  Tous deux virent en songe vne herbe au point du
  A fin que la santé tous deux ils peussent rendre,
  L'vn à son camp François, l'autre à l'vn de sa cour.
Par le nom de ces Preux, deux patrons de vaillance,
  Aurore, ie finis, de peur de faire voir,
  Vous chantant par desir, plus que par suffisance,
  Vn vouloir qui est grand, & vn petit pouuoir.
Prenez donc en present la nombreuse mesure
  De ma voix, qui vous suit par les cieux azurez,
  Et mon affection, qui point ne se mesure,
  Vous soit connuë en fin par ces vers mesurez.

C'est de quoy ie vous ay, belle Aurore, estrenee,
Tandis que le Soleil, ses rayons espandant
Sur moy & sur mes vers, commence leur iournee,
De l'Aurore aussi prés, que loing de l'Occident.

L'AMOVR CLAIR-VOYANT.
VIII.

AMour ce Dieu vainqueur, qui donte les plus forts,
Qui peut rēdre courtois l'homme le plus farouche,
Et qui a grande force en vn bien petit corps,
Ayant les yeux fermez ouurit ainsi la bouche.
Deesse des Beautez, ô ma mere Venus,
Sans yeux que voulez vous, ce dit-il, que ie face?
Pour neant on dira que i'ay les membres nus,
Cependant qu'vn bandeau me vestira la face.
Venus à ces mots-la destacha son bandeau,
En luy disant ainsi, si ta flesche pointuë
Sans yeux fait tant de mal, ô combien de nouueau
En feras-tu encore en recouurant la veue?
Ne croyez pas cela, ce respondit Amour,
Vous me verrez changer cette façon premiere,
Digne d'estre obscurcie, en faits dignes du iour,
Comme l'obscurité ie change à la lumiere.
Quand ie ne voyois goute, à la terre & aux cieux,
Ie tirois sans esgard vne sagette pronte,
Qui rendoit aueuglez ceux qui auoient des yeux,
Que i'empeschois d'ouurir, pour regarder leur hôte.

Les Dieux les plus puiſſans, pleins d'amoureux abus,
   Thetis aux blöds cheueux, & la vermeille Aurore,
   Et le grand Iupiter, & le ſçauant Phœbus,
   Pour aimer des mortels en rougiſſent encore.
Les hommes, qui ont moins que les Dieux de pouuoir,
   Cette ineſgalité comme eux ont eſprouuee:
   La laide auec le beau, la blanche auec le noir,
   Iointe du lien d'amour bien ſouuent s'eſt trouuee.
Ores que ie voy clair, faut que i'aille ſuyuant
   La raiſõ, qui voit clair meſme en la nuit plus brune:
   Comme par le paſſé en aueugle viuant,
   Ie ſuyuois à clos yeux vne aueugle fortune.
Amour baiſa ſa mere apres tous ces propos:
   Puis ſoudain deſpliant ſes ailettes menues,
   Et cherchant le trauail apres le long repos,
   Il eſlança ſon vol ſur les volantes nues.
Il n'euſt guiere volé, qu'il rencontre en chemin
   Hymen le Dieu nopcier, priant cet Hymenee,
   Qu'en vn cas d'importance il luy preſtaſt la main:
   Car deux font volontiers mieux qu'vn vne menee.
Ces deux Dieux vont enſemble en bonne intention
   De faire quelque coup, dond il en ſoit memoire:
   Touſiours vn beau deſſein eſt plein d'affeƈtion,
   L'affeƈtion d'effait, & l'effait de la gloire.
Mais cependant qu'Amour voloit entre deux airs,
   Auec ſon compagnon le Dieu du Mariage,
   Il regardoit touſiours en terre à yeux ouuerts,
   S'il y verroit Venus peinte en quelque viſage.
Deſia

D'esia las de voler il voit vn beau chasteau,
    Dond la pointe des tours iusques aux lieux s'eslace:
    Aussi c'estoit raison,qu'en vn lieu rare & beau
    Se logeast la Beauté,belle par excellence.
Arrestons nous icy,ce dit ce petit Dieu,
    Si ce chasteau dehors est beau pour son ouurage,
    Quelque Beauté peut-estre il y a dans ce lieu,
    Qui encore au dedans l'embellit dauantage.
Lors Hymen & Amour,qu'vn mesme soing rongeoit,
    Y entrent se couurans d'vn inuincible voile:
    Dans la salle Descars d'vne aiguille arrangeoit
    La soye auecque l'or,sur vne fine toile.
Aussi tost que l'Amour voit la belle Descars,
    Il s'escrie en luy mesme,ô Cyprine seconde,
    Ie m'en vay te chercher aussi vn second Mars,
    Pour en faire vn beau couple esmerueillable au mõ-
Soudain d'vn brusque vol l'enfançon de Venus, (de:
    Et le Dieu qui preside aux loix de Mariage,
    Sortent hors du chasteau comme ils estoient venus,
    Mais en intention d'y refaire vn voyage.
Sur le poinct que le corps de ces Dieux ombrageoit,
    A vol bien estendu,l'herbe dans la campagne,
    Ferriere de fortune à l'heure voltigeoit,
    En Cheualier François sur vn Cheual d'Espagne.
Ha! ce dit Cupidon i'ay maintenant des yeux:
    Amour ne sera plus aueugle en sa conduite:
    Ce ieune Cheualier,vaillant & gracieux,
    Aura de moy fortune esgalle à son merite.

C

Il euſt dit : de ſa trouſſe il tire alors vn trait:
De breſil fut la hante, & de fin or la pointe,
Où d'vn poinçon diuin il graua le pourtrait
De la belle Deſcars nayuement depeinte.

Amour au preux Ferriere auſſi toſt euſt ietté
Roidement parmy l'air cette ſifflante fleſche,
Qui fit entrer d'aſſaut dans ſon cœur la beauté
De la ieune Deſcars, par amoureuſe breſche.

Demeure Cheualier: ne porte point la main
Au fendant coutelas, en vain ta main eſſaye
A recoürir au fer, on ſe defend en vain,
Quand c'eſt que dans le cœur on a receu la playe.

Et puis ne vois-tu pas, que le coup vient d'enhaut?
C'eſt vn Dieu qui l'a fait, rien n'y ſert ta vaillance:
Ce n'eſt pas l'Eſpagnol, que d'vn ſãg prõt & chaud
Tu as porté cent fois à terre auec ta lance.

Cependant Cupidon ce beau coup ayant fait,
Encore de rechef au chaſteau s'achemine,
Grauant ce Cheualier à la pointe d'vn trait,
Que la belle Deſcars receut en ſa poitrine.

Alors ces deux amans frapez d'vn trait commun,
Le ieune Cheualier & ſa douce Guerriere
Se trouuent l'vn dans l'autre, & tous deux ſont en
Ferriere eſt en Deſcars, & Deſcars en Ferriere.(vn,

Par ainſi Cupidon commença cette amour,
Autant heureuſement qu'autre iamais paſſee:
Mais Hymen Dieu nopcier, quãd ce fut à ſon tour,
Encore acheua mieux cette amour commencee.

Ô bien-heureux amans, ô couple fortuné,
   Qu'Amour & Hymenee ont prins en leur tutelle,
   Tous deux vous auez eu, par heur bien ordonné,
   De deux Dieux immortels vne amour immortelle.
Quiconque vous verra, il ne doutera point,
   Qu'Amour n'ait veu biẽ clair en vn si bel ouurage,
   Quand le bel à la belle il a si bien conioint,
   Le ieune auec la ieune, & le sage à la sage.
Aux siecles a-venir les Amans requerront
   A l'Amour vne amour, à la vostre pareille:
   Mais ces pauures Amans experimenteront,
   S'il voit bien clair de l'œil, qu'il n'oit plus de l'au-
     reille:

A
MADAME LA DVCHESSE
DE MERCOEVR.

Sur le trespas de la Reine doüairiere de France, Louyse de Lorraine.

I X.

Madame, vous pleurez, & repleurez sans cesse:
　La France, comme vous, en fait bien tout autant.
　Iustement vous pleurez vous deux vne Princesse:
　Et si vous deux à tort vous la pleurez pourtant.
Madame, vous pleurez iustement son absence,
　Veu l'heur que sa presence apportoit à voz yeux:
　Mais vous pleurez à tort, ayant la connoissance
　Qu'elle estoit mal en terre, & qu'elle est bien aux
　　cieux.
La France pour sa mort porte vne iuste peine:
　Mais à tort elle pleure en voyant vos vertus.
　Car sa Reine elle voit, ne voyant plus sa Reine,
　Laquelle vit en vous, lors qu'elle ne vit plus.

SVR LES OEVVRES SPI-
RITVELLES, ET DE IVRISPRV-
dence de Monsieur le Brun,
Aduocat au siege de Ville-
franche en Beaujolois.

Dɪſcours, freres germains de ces premiers Diſcours,
    Qui guidoient vers le Ciel ſi droit l'ame fidelle,
    Aux yeux de noz Eſprits, vous eſtes ſeconds iours,
    Au vol de noz Eſprits, vous eſtes ſeconde aile.
Ces Diſcours les premiers donnoient à noz Eſprits,
    Pour voir clair & voler, des ailes & des flames:
    Comme eux, Diſcours ſeconds, vous auez entrepris
    D'eſtre l'aile & le vol, l'œil & le iour des Ames.
Vous ne leur ſeriez pas l'aile d'vn vol ſi beau,
    Ni l'Aſtre qui leur iour ſi clairement allume,
    Sans la gloire du Brun, qui vous ſert de flambeau,
    Et ſans le vol d'emprunt, que vous preſte ſa plume.

C iij

ODES.

I.

FFERMISSEZ-vous, mon
 Courage:
O mes Esprits, viuez contents:
Le but ou i'aspire & preten
C'est d'vn hyuer le plus sauuage,
Me faire en fin vn beau printẽs.

Fuyez de moy, Tristesse blesme,
 Ou bien ie vous feray mourir.
 O Ioye, ie vous veux nourrir:
 Car ie veux que ma playe mesme
 Serue d'emplastre à se guerir.
Ie veux, de certaine science
 Fondee en resolution,
 Me plaire en mon affliction:
 Et faire que ma patience
 Triomphe de ma passion.
Faut que ma force se desploye,
 Pour faire apparoir que ie suis,
 Dieu aidant, vn homme, qui puis
 Cueillir la rose de ma ioye,

Sur l'espine de mes ennuys.
Le vulgaire plus par coustume,
    Qui sans raison se pousse auant,
    Que par vn iugement sçauant
    Appelle du nom d'amertume,
    Ce qui est doux le plus souuent.
Car prenant, ô sots que nous sommes,
    Au lieu du dedans le dehors,
    Les foibles nous semblent les forts:
    Et iugeant du bon-heur des hommes,
    Nous prenons l'ombre pour le corps.
Darder vne iniuste colere
    Quand on veut, sur vn innocent,
    On croit que c'est estre puissant:
    Mais c'est enfanter en vipere,
    Qui donne vie, & la mort prend.
Le malicieux son ame tuë
    Luy-mesme par son propre effort,
    A l'heure qu'il offence à tort
    Vn innocent, qui s'esuertuë
    De trouuer sa vie en sa mort.
Le meschant vit en deffiance,
    En son plaisir il se desplait:
    Car accusé par son forfait,
    Conuaincu par sa conscience,
    Il est son iuge & son gibet.
L'homme de bien tout au contraire
    Marche tousiours d'vn port esgal:

La peur ne l'a point pour vassal,
De l'aigre le doux il peut faire,
Et faire son bien de son mal.
Si d'auanture il voit emprainte
Dans vne ame la mauuaitié,
Il fuit bien loing son amitié,
Et du meschant n'a pas tant crainte,
Comme c'est qu'il en a pitié.
Aussi qu'est-ce que pourroit craindre
Celuy qui va le grand chemin,
Qui vit du iour au lendemain,
Et qui iamais ne fait atteindre
Dessus le bien d'autruy sa main?
S'il aduient qu'vn meschant l'assaille
De dol, de force, ou de procés,
Il est fait à tous les essais,
Son bon droit victoire luy baille,
Bien qu'il n'en ait pas bon succés.
C'est lascheté de faire outrage,
Et de machiner sourdement
A son prochain peine & tourment:
Mais c'est œuure de grand courage,
De vaincre tout patiemment.
En noz mains est nostre puissance,
O mon Cœur, affermissons nous,
Tant que les malins voyent tous,
Que les armes de la constance
Sont à l'espreuue de leurs coups.

Nous surmonterons toutes choses,
Si par là nous-nous defendons :
Nos maux nous seront de beaux dons,
Et ferons des lys & des roses,
De noz espines & chardons.

I I,

Ma Pensee, où pensez-vous estre,
Pensez-vous tousiours me forger
Des pensers, qui me facent naistre
La crainte deuant le danger ?
Sans cesse vous me tenez sombre :
Ma ioye vous chassez dehors,
Du mal en me faisant voir l'ombre,
Deuant que le mal ait vn corps.
Pour vostre rigueur, que i'essaye,
Mon dueil est tousiours auancé :
Deuant le coup ie sens la playe,
Et saigne auant qu'estre blessé.
Vos imaginations vaines,
Que ie pense & repense en vain,
Enflent la paste de mes peines,
Dond mes pensers font le leuain.
Vostre apprehension frequente,
Qui tousiours me pointille au cœur,
Estant sans mal fait que ie sente
Tout aumoins le mal de la peur.

ODE.

Quand l'heure du iour s'est passee
    A repenser à mes ennuis,
    Vous passez outre, ô ma Pensee,
    Et en iours vous changez mes nuits.
Aumoins, ô Pensee importune,
    De grace bornez vostre cours,
    Par le Soleil ou par la Lune :
    Choisissez les nuits ou les iours.

III.

Belles Ames deuotieuses
    Qui seruez tant le Roy des Rois,
    Vous estes, pierres precieuses,
    Qu'il porte aux anneaux de ses doits.
De D I E V vous estes familieres,
    Et en communication,
    Ames, vous parlez par prieres,
    Et D I E V par inspiration.
Vous estes son sainct heritage,
    Son pere à luy vous a donnez :
    Vostre pere il est dauantage,
    Et vous estes ses fils aisnez.
Vostre esprit dessus les cieux erre,
    Vostre corps sur terre se tient :
    Mais bien que vous soyez en terre,
    Le Ciel pourtant vous appartient.
Aussi vostre Esprit sainct & sage,

Qui a fait bonne eslection,
   Prend ce monde pour son passage,
   Non pour son habitation.
Le Rosne auecque ses eaux coupe
   Le Lac de Geneue à trauers :
   Mais sans mesler sa claire troupe
   Aux flots du Lac, qui semblent verts.
De mesme, Ames sainctes, vous faites
   Trauersant les mondanitez :
   En ce monde vous entrez nettes,
   Nettes du monde vous sortez.
Vous estes ce peuple d'eslite,
   De qui la mer souffrit les pas :
   Et si ce peuple Israëlite
   Son pié pourtant ne moüilla pas.

I I I I.

Lors que ie sens griller mon ame
   Sur le brasier de ma douleur,
   Ma langue esuente ainsi ma flame,
   Et donne l'air à ma chaleur.
Douleurs, que vous estes ameres !
   Soucis, que vous estes cuisans !
   Pourquoy iamais entre les meres
   Ma mere eust-elle des enfans !
Que cruelle est vostre puissance,
   Astre de ma natiuité :

L'Astre qui luit à ma naissance,
Estoit l'Astre de cruauté.
Que sa clarté deuienne sombre,
Et ne luise plus qu'aux tombeaux :
Iamais ne soit-il mis au nombre
Des Astres, qui flambent si beaux.
A l'heure qu'accoucha ma mere,
Que n'eu-ie ce bien-heureux sort,
Qu'on peut asseurer à mon pere,
Que i'estois né, que i'estois mort.
Ma vie, à qui se viennent rendre
Toutes especes de tourment,
Dans la matrice deuoit prendre
Sa fin, & son commencement.
Ma vie eust esté sans misere,
Esteignant si tost son flambeau,
Sortant du ventre de ma mere,
Ie deuois entrer au tombeau.
Aux pleurs i'eusse fermé la bonde,
I'eusse fermé l'huys aux douleurs :
Et n'eusse pas senty au monde,
Sans cesse vn monde de mal-heurs.
Le tourment, qui me persecute,
Ne m'eust pas donné tant de coups :
Ses traits eussent prins autre bute,
Sa troupe vn autre rendez-vous.
Mais quoy, ô Puissance infinie,
A qui m'opposer ie ne peux,

Voſtre vouloir, qui tout manie,
N'a pas voulu ce que ie veux.
Mon D I E V, changez mon mal en aiſe,
De mes maux le fil deſmeſlez :
Aumoins faites que ie me plaiſe,
A vouloir ce que vous voulez.

V.

Si les hommes ſont mal-heureux,
　　C'eſt pource qu'ils le veulent eſtre,
　　En donnant touſiours deſſus eux
　　Puiſſance à quelque meſchant maiſtre.
L'homme de conuoitiſe eſpris,
　　Qui aux richeſſes ſe va rendre,
　　Luy-meſme d'auarice eſt pris,
　　Voulant tout auoir & tout prendre.
Maiſtre il n'eſt pas de l'or qu'il a :
　　Mais de peur qu'on ne le ſaccage,
　　Vous diriez qu'on l'a poſé là,
　　Comme vne ſentinelle à gage.
Sentinelle de ſes treſors
　　Autour d'eux touſiours il fait garde :
　　Sans regarder l'ame & le corps,
　　Ses treſors ſans ceſſe il regarde.
Sa main trop auare iamais
　　Pour deſpendre à ſon or ne touche :
　　Ce luy ſont viandes & mets,

Qu'il ne met point dedans sa bouche.
Vn autre, que l'affection
    Pousse à paroistre haut & braue,
    Soubs le ioug de l'ambition
    Abbaisse sa teste d'esclaue.
Esclaue d'vn peuple il se rend,
    Que lasche il caresse & saluë :
    Et par ainsi, pour estre grand,
    Sa grandeur mesme il diminuë.
Ceux-la, qui forçats de l'Amour,
    Dedans la Galere des Dames
    Tirent la rame nuit & iour,
    Pour les corps engagent les ames.
D'Amour le bruuage pipeur,
    Qui les empoisonne & consume,
    Dans leur bouche n'est que douceur,
    Et dans leur cœur n'est qu'amertume.
L'Amour toutesfois n'auroit pas
    Assez de pieges pour leur tendre,
    N'estoient qu'ils suiuent ses appas,
    Se voulant perdre, & faire prendre.
Ceux qui allument dans leur sin
    L'ardent brasier d'vne vangeance,
    Se bruslent eux-mesmes en fin
    Dedans le feu de leur offence.
Miserables conditions
    De noz opinions humaines,
    De noz peines nous-nous plaignons,

Et ſommes cauſes de noz peines.
Quelque-fois meſme à l'Eternel
    A tort nous oſons-nous en prendre:
    Pour d'vn langage criminel
    Encor plus criminels nous rendre.
D'vn champ diuin il nous fait don,
    Pour auoir des moiſſons diuines:
    Mais n'y ſemant que du chardon,
    Nous n'y cueillons que des eſpines.

V I.

D'horreur tout mon poil ſe heriſſe
    Sur la teſte, & ſous le chapeau,
    Voyant l'execrable malice,
    Qui vieille reuient de nouueau.
Ie croyois que le parricide,
    Ayant veu tant de fois des yeux,
    Que D I E V par la main le Roy guide,
    N'oſeroit plus ſe prendre aux Cieux.
Ie croyois qu'vn fait ſi farouche
    Rebouchoit dedans les cerueaux,
    Comme deſſus le Roy rebouche
    La pointe de tant de couſteaux.
Mais neantmoins tu vis, engeance,
    Qui veux faire mourir noz Roys:
    Et fais cette honte à la France,
    Qu'elle a de ſi maudits François.

Maudite

Maudite engeance, qui t'essayes
  D'aller aux enfers le grand pas,
  Combien vn coup eust fait de playes,
  Et de morts eust fait vn trespas !
Toute chaude encore est la cendre
  Du feu, par le Ciel enuoyé,
  Tout chaud le sang, qu'a fait espandre
  Le sang du dernier R O Y tué.
Il n'y a cœur qui ne frissonne
  Pensant à la punition
  D'vn tel forfait, qu'vne personne
  Cause à toute vne nation.
D I E V ferme sa misericorde
  A vne telle iniquité :
  Et sa colere se desborde,
  Pour noyer telle impieté.
De ces punitions ameres,
  Pour tel crime vn chascun se sent,
  Peres & fils, filles & meres,
  Et le coulpable & l'innocent.
Esprit d'infernale Furie,
  Paste & leuain de noz tourmens,
  Cousteau de nostre boucherie,
  Fusil de noz embrasemens.
Toutes les estrangeres armes
  Ne nous peuuent tant tourmenter,
  Que tu nous veux couster de larmes,
  Que de sang tu nous veux couster.

Tu veux priuer noz nuits de Lune,
  Noz iours de solaire flambeau:
  Tu ne veux qu'vne mort commune,
  Tu ne veux qu'vn commun tombeau.
Apres D I E V *, puissance infinie,*
  Des R O Y S *vient le salut commun.*
  Quiconque aux R O Y S *oste la vie,*
  Il donne la mort à chacun.
Siecle que vous serez infame,
  Vn iour chez la Posterité,
  D'auoir eu tant d'hommes sans ame,
  Ou tant d'ames sans loyauté.
Mais vous, saint Ange tutelaire,
  Qui d'aise nous auez emplis,
  Qu'aurez-vous de nous, pour salaire
  D'auoir sauué la fleur de L I S ?
O Ange, le prince des Anges,
  Voz saints honneurs nous chanterons:
  Et noz victimes de loüanges
  Au grand D I E V *nous immolerons.*
Afin qu'il garde de tempeste
  Le L I S *haut, droit & precieux :*
  Tant qu'aux Cieux il leue la teste,
  Comme il est descendu des Cieux.
Vous donc, ô grand D I E V *de victoire,*
  Faites connoistre à chasque fois,
  Qu'aider au R O Y *c'est vostre gloire,*
  Puis que vous estes R O Y *des* R O Y S.

Paroissez tousiours à la teste
  De ses soudards,& ses desseins:
  Et pour luy vostre main soit preste,
  Contre la main des Assassins.
Que vostre œil dessus luy ne bouge:
  Rendez ses souhaits accomplis :
  Sur tout gardez la couleur rouge
  De tacher la blancheur du L I S.

VII.

Ce premier iour-cy de l'annee
  Rendez mon Cœur deuotieux,
  Pour en estre apres estrenee,
  Majesté,qui regnez aux Cieux.
Tant s'en faut que ie puisse pendre
  Des presents dans voz temples saints:
  Que mesme ie ne vous peux rendre
  Sans vous,ce que de vous i'ay prins.
De vous vne ame i'ay receuë
  Nette auant qu'entrer en mon corps:
  Mais ma mere en peché conceuë,
  En peché me conceut alors.
Il est vray,que le saint Baptesme
  Dans ses eaux noya ce peché :
  Depuis sur cette glace mesme
  Mon ame encore a tresbuché.
Orde & vilaine par l'outrage

Du crime, & de l'iniquité,
Elle ne paroist plus ouurage
Des mains de la Diuinité.
Elle est si triste, si confuse,
Si estonnee en son malheur,
Que sa langue mesme refuse
L'air d'vne plainte à sa douleur.
Il n'y a plus rien d'elle en elle,
Tant son sort se monstre inesgal:
Si ce n'est qu'elle est immortelle,
Pour immortaliser son mal.
Majesté tres-saincte & tres-haute,
Voyez comme l'eau de ses pleurs
S'efforce de lauer sa faute,
Et noyer toutes ses douleurs.
Voyez qu'elle est opiniastre,
A ietter des pleurs à foison:
Mais sa playe veut autre emplastre,
Et sa tache vn autre sauon.
O seigneur, meslez vne goute
De vostre sang dedans ses pleurs:
Mon ame alors guerira toute,
Et prendra ses belles couleurs.
Au milieu de sa violence,
Qui fait que le parler luy faut,
Elle a pour voix de son silence
Ce desir, qu'elle pousse en haut.
Que vostre bonté luy accorde

Sa premiere grace & santé,
Il faut grande misericorde
A vne grande iniquité.
Alors elle sera plus nette,
   Plus nette alors la verra-ton,
   Que dans son ciel vne Planette,
   Qu'vn diamant dans son chaton.
A l'heure mon ame sans autre
   Saine & belle vers vous ira,
   Et de son cœur, lequel est vostre,
   Vostre estraine elle vous fera.
Ie diray lors, Bonté diuine,
   Si ces estraines vous prenez,
   En les prenant de main benine
   Que c'est vous mesme qui donnez.
Rien au monde ne se peut rendre
   Si precieux, si bon, si doux,
   Que l'heur que mon Cœur pourra prendre,
   Si vous prenez mon Cœur à vous.

V I I I.

Tousiours la faueur sacree
   Du Ciel sur vous coule ici,
   Chere Troupe, qui m'agree,
   Et à qui i'agree aussi.
Iamais ne puissent les larmes
   Se mesler à voz propos :

                              D iij

Et que le repos des armes
  Tousiours vous tienne en repos.
Vostre esperance assouuie
  Son desir tienne en sa main:
  Et le pié de vostre vie
  Puisse acheuer son chemin.
Que la paix de D I E V habite
  Tousiours en vostre maison:
  Que toute chose proufite
  Chez vous en toute saison.
Vostre vie, entiere & sainte
  Aux deux bouts & au milieu,
  Ne vous donne iamais crainte,
  Sinon la crainte de D I E V.
Que iamais rien ne moleste
  Voz vieux ny voz ieunes ans:
  Et que la faueur celeste
  Des peres passe aux enfans.
Puissiez-vous tenir la piste,
  Qui meine aux felicitez.
  En fin que D I E V vous assiste,
  Ainsi que vous m'assistez.
Et si l'heur de vostre vie
  En tout ne peut estre doux,
  Qu'il y ait sur vous enuie,
  Plustost que pitié en vous.
Mes chers Amis, pour estraine
  Ie vous donne ces souhaits.

Que la Bonté souueraine
Vous en donne les effaits.

I X.

Quand l'amour de D I E V *fait couler*
　Sur moy sa grace comme eau viue,
　Ie sens tout mon mal s'en-aller,
　Et sens bien que tout bien m'arriue.
Mon Ame est lors vn arbre, espars
　En racines viues & franches,
　Ayant branches de toutes parts,
　Et fruit de toutes parts ses branches.
Ma gloire passe tout honneur,
　Ma richesse toute cheuance:
　I'ay l'abondance du bon-heur,
　I'ay le bon-heur de l'abondance.
Ma faim a du pain tant qu'autant,
　Ma soif vne viue fonteine:
　Ce que les hommes cherchent tant,
　Ie le trouue à l'heure sans peine.
Lors ie foule au pié la grandeur,
　Dond les hommes font tant de conte,
　Eux qui au mal baillent nom d'heur,
　Et le nom de gloire à la honte.
Retournez chez moy, retournez,
　Chez moy retournez à grand erre,
　Amour de D I E V, *qui m'apprenez*
　Aimer le Ciel, hayr la terre.

Pour iamais à voſtre retour
    Logez dans mon Cœur, à la charge
    Qu'il deſloge tout autre amour,
    Pour vous loger & mettre au large.
Cela ſera bien à propos,
    Pour faire, que mieux y habite
    L'Aiſe, le Bien, l'Heur, le Repos,
    Et tout le train de voſtre ſuyte.

LE TOMBEAV DE
·IEREMIE.

X.

E Stranger, de qui l'œil contemple
    Ce que l'Ægypte a d'ornement,
    Voyez en ce lieu bien peu ample
    L'ample grandeur d'vn monument:
    Bien qu'il n'y ait nulle aſſemblee
    De marbres, pour couurir ce corps,
    Et luy dreſſer vn Mauſolee
    Laid par dedans, beau par dehors.
Il y a grande difference
    Du Mauſolee, à ce tombeau
    Laid au dehors en apparence,
    En effait au dedans tres-beau.

Dedans ce sepulcre repose
Vn corps tout saint, tout precieux,
Sur qui le Ciel pleut lys & rose,
De couleur inuisible aux yeux.
C'est le corps de ce grand Prophete,
Dés le ventre sanctifié,
Grand heraut d'armes, grand trompete,
Par qui iadis fut desfié
Et sommé le Roy Sedecie,
Qu'il eust à rendre à D I E V son cœur,
Ou que son corps en Assyrie
Vaincu sentiroit vn vainqueur.
Ægipte, que tu és heureuse,
Que ce Prophete amy de D I E V,
Par vne force iniurieuse
Fut contraint de changer de lieu,
Et d'aller en ton pays viure :
Plus heureuse eusses-tu esté
Là haut aux Cieux de l'aller suyure,
Suyuant çà bas sa saincteté.
Il profetisa ton dommage,
Pour autant que tu te courbois
Deuant les bestes par hommage,
Qu'au Tout-puissant tu desrobois :
Mesme vne infette creature
Tu adorois le plus souuent,
Au lieu de l'or prenant l'ordure,
Au lieu du corps l'ombre & le vent.

Depuis cette farouche engeance,
  Qu'Ægipte, alors tu esleuois,
  Ouurant le cœur à la vengeance,
  Fermerent l'aureille à sa voix :
  D'vne main à mal faire preste
  Baissez, leuerent des cailloux,
  Plus mols que leur cœur & leur teste,
  Et contre vn les ruerent tous.

Ils en briserent ce Prophete,
  Ou pour mieux dire sa prison,
  D'où sortit cette ame parfaite,
  Entrant en bien autre maison :
  Au Ciel il alla de la Terre,
  De la Guerre à la Paix alla :
  Et au lieu, qui luy fit la Guerre,
  En mourant la Paix il bailla.

Sa tombe en ses miracles belle
  Fait Guerre cruelle aux serpens,
  Lesquels faisoient Guerre cruelle
  Au pays & aux habitans :
  Le Peuple, qui en Paix habite,
  Par son bien reconnoist son tort,
  Et que ce Prophete profite
  Aux viuans, encore estant mort.

DIEV large de prerogatiue
  Et d'honneurs enuers ses amis,
  Par toute-puissance bontiue,
  En ce Sainct ce miracle a mis :

Son ame oſtoit la maladie,
En ſa vie, aux ames d'alors :
A preſent ſon corps remedie
Aux inconueniens du corps.
Ce corps ſainct par ces mains barbares
Ne fut embauſmé de parfuns :
Mais il en a d'autres plus rares,
Qui touſiours luy ſont tout-communs,
L'Innocence, qui ne reſpire,
Que l'odeur de l'eternité,
Le rouge Oeillet de ſon martire,
Le Lis de ſa virginité.

X I.

Leuez-vous, Soleil de mon ame,
Voſtre clarté plus ne me luit :
Chaſſez mon froid par voſtre flame,
Par voz rais l'ombre de ma nuit.
L'autre Soleil eſt par trop ſombre,
Et trop peu chauds ſont ſes rayons,
Pour de mon ame chaſſer l'ombre,
Et faire fondre ſes glaçons.
Mon Soleil, ne tardez plus guiere
D'eſclairer à voſtre retour :
Sans voſtre diuine lumiere
Ie ne voy que nuit en plein iour.
Soleil, ma lumiere & ma ioye,

Sans vous ie chemine à faux pas?
    Ie chope,ie chay,ie fouruoye,
    Quand sur moy vous ne luysez pas.
Lors vne triste nuit alonge
    Vn noir voile autour de mon cœur,
    En le donnant en proye au songe,
    Et le songe en proye à la peur.
Le malin,qui m'est aduersaire,
    Et qui me veut rendre confus,
    Prend plus d'audace à me mal faire
    La nuit quand vous ne luysez plus.
Mon Soleil,que vostre ardeur fonde
    L'espais glaçon de mes ennuis:
    O Soleil du Soleil du monde,
    Leuez-vous,& chassez mes nuits.

XII.

De ma crainte & ma deffiance
    Moy-mesme ie me fasche en moy:
    Pource que manque d'Esperance
    Est suyte de manque de Foy.
Mais pardon merite ma crainte,
    Dond mon esprit est tourmenté:
    Car si ie crains,c'est par contrainte,
    Et mal-gré toute volonté.
Mon mal,dond l'atteinte est si viue,
    Me contraint tousiours me suyuant

D'auoir crainte, qu'il ne me suyue
Cy-apres, comme cy-deuant.
Mais il faut fonder asseurance
Sur le ferme roc de la Foy:
Aussi n'est-ce qu'en deffiance,
Que la crainte loge chez moy.
D'vne si dommageable crainte
Ie sçay bien à quoy m'en tenir:
Le mal present me donne atteinte,
Aussi fait le mal à venir.
Cela rend mortellement triste
Mon ame en son affliction,
Voyant que mal sur mal resiste
A toute consolation.
Cette crainte est vne fonteine
De mal dans mon ame, & mon corps:
Ie ne peux estre hors de peine,
Si cette crainte n'est dehors.
Si c'est peché que deffiance:
Si tost que ce peché m'eust pris,
Luy-mesme il fut ma penitence,
Luy-mesme affligeant mes esprits.
Si mon ame estoit eschauffee
D'amour enuers DIEV comme il faut,
Cette froide crainte estouffee
Mourroit dedans vn feu si chaud.
DIEV des viuans, que ie veux suyure
Par le chemin de vostre loy,

Faites l'espoir en moy reuiure,
Et mourir cette crainte en moy.

XIII.

Cette malice sans excuse,
  Qui vous veut rendre trop rusez,
  Contre vous mesme vsant de ruse,
  Vous rendra vous mesme abusez.
Pour moy tousiours quelque cautelle
  Vous-vous forgez dans le ceruean?
  Mais ce vous est peine nouuelle
  De me forger vn mal nouueau.
Vous me feriez bien de la peine,
  Si vous pouuiez, iusqu'au mourir :
  Mais vous-vous mettez hors d'haleine
  Courant pour me faire courir.
A fin qu'vn autre homme il eschaude,
  Celuy qui se brusle est vn fol :
  Si vous me faites quelque fraude,
  A vostre honneur c'est faire vn dol.
N'est-ce pas vne grand' proüesse
  D'abeille deuenir freslon?
  Ie mange des poires d'angoüesse,
  Vous des poires d'estranguillon.
Au mal tousiours vostre œil regarde :
  L'occasion vous espiez
  De ficher à ma main l'escharde,

Et les espines à mes piez.
Mais voz ruses ne sont pas fines :
Car vous sentirez à la fin,
Qu'en cueillant pour moy des espines,
Vous-vous esgratignez la main.

XIIII.

Des malins la troupe assemblee
Contre mon repos & bon-heur,
Se rend elle mesme troublee,
Troublant mon bien & mon honneur.
Leur dent s'aiguise pour me mordre,
Mais c'est sa diminution :
Ils cherchent leur propre desordre,
Pour me mettre en confusion.
Du Magistrat ils ne font conte,
Ils opposent la Terre aux Cieux :
I'abaisse mes deux yeux de honte,
Quand d'audace ils leuent les yeux.
Il a fallu que ie soustinsse
L'effort dond ils m'ont tourmenté,
Se prenant à D I E V & au Prince,
Autheurs de toute authorité.
Ils pensent m'estre chose rude,
Mon DIEV, quand ils me fuyent tous :
Mais ie benis ma solitude,
Si sans eux ie suis auec vous.

XV.

Si c'eſt l'ordonnance diuine,
  Qu'en fin mes excés ſoient punis,
  Du fer de la poinƈte maline,
  Dond on me perce la poiƈtrine,
  O mes Douleurs ie vous benis.
Si mon ame a eſté complice
  Quelquefois du mal & du tort,
  O D I E V, puniſſeur de mon vice,
  Ie vois bien que voſtre iuſtice
  Veille, quand on croit qu'elle dort.
Seigneur, voſtre iuſte vengeance,
  Qui punit mes faits diſſolus,
  Me rameine en la ſouuenance
  Mon vieux peché, ma vieille offence,
  Dond ie ne me ſouuenois plus.
A l'heure que mon corps coulpable
  Engageoit mon ame au peché,
  Il ne voyoit pas miſerable,
  Que ſoubs ſon bien plus fauorable,
  Son plus grand mal eſtoit caché.
Il ne pouuoit de ſon aureille
  Ouyr ſa condemnation :
  Tandis que ſon œil, qui ſommeille,
  Ne pouuoit voir, où s'appareille
  Le lieu de l'execution.

Aïi

Au bout du Ciel de nostre France
  L'astre de mon desastre luit :
  Là s'execute la sentance
  De ma peine, & ma penitance,
  Qui m'esueille au cœur de la nuit.
Là sans cesse de mon espine
  Ie sens l'aiguillon douloureux :
  Là la malice est si maline,
  Que les malins, à leur ruine,
  Conspirent ma ruine entre eux.
Ils font de toute leur puissance,
  Et par tous moyens recherchez
  Vne escole à ma patiance,
  Vne haire à ma penitance,
  Vn purgatoire à mes pechez.
Tels estoient ces Rois de Caldee,
  Commis à la punition
  Du pauure peuple de Iudee :
  Mais leur colere desbordee
  Excedoit leur commission.
Aussi D I E V tira de leur rage
  En fin ces pauures affligez :
  Et pour salaire de l'ouurage,
  Les outrageans eurent outrage
  Tel qu'auoient eu les outragez.

XVI.

Chere troupe de trois ou quatre,
   Qui frappez de compaßion
   Vous ioignez à moy,pour combattre
   Auec moy mon affliction.
Si de voz yeux doux & propices
   Les regards sont doux à mes yeux,
   Ce ne sont pas mes bons offices,
   Qui vous rendent officieux.
A cela seulement vous meine
   Vostre naturelle bonté,
   Qui par condoleance humaine
   Prend playe au coup,qui m'est ietté.
Quand l'audacieuse insolence
   Des malins me tire ses coups,
   Pour parer à leur violance,
   Ie ne fais bouclier que de vous.
Ils figurent toute leur gloire
   Des traits d'vn tenebreux pouuoir :
   Vostre ame,plus blanche qu'yuoire,
   S'oppose à cet ebene noir.
Plus que le vent,leur main est pronte
   A venir tousiours m'offencer :
   Mais vostre bonté,qui la donte,
   Est plus pronte à la deuancer.
Ie mourrois voyant leur malice

Se donner carriere tousiours :
  N'estoit qu'au milieu de la lice
  Vous seruez de barre à son cours.
Ils veulent troubler mon courage,
  Vous, rendre mes esprits contents :
  Ce sont les vens de mon orage,
  Vous le calme de mon beau temps.
Leur main mon esperance fauche,
  Qui reuerdit en vostre endroit :
  Ils me poussent de la main gauche,
  Et vous m'appuyez du bras droit.
Ie ne peux assez en moy-mesme
  Marquer telle diuersité :
  Car l'vne & l'autre m'est extresme,
  Leur malice, & vostre bonté.

F I N.

www.ingramcontent.com/pod-product-compliance
Ingram Content Group UK Ltd.
Pitfield, Milton Keynes, MK11 3LW, UK
UKHW022133070726
13613UKWH00003B/1335